Ein ganz besonderer Abend

Für Theo

Annette Willsch

Ein ganz besonderer Abend

Sieben kurze Geschichten

*Bibliografische Information der Deutschen National-
bibliothek:
Die Deutsche Nationalbibliothek verzeichnet diese
Publikation in der Deutschen Nationalbibliografie;
detaillierte bibliografische Daten sind im Internet
über http://dnb.dnb.de abrufbar.*

© 2016 Annette Willsch

Umschlagbild: Annette Willsch

*Herstellung und Verlag: BoD – Books on Demand,
Norderstedt*

ISBN: 9783741266461

Inhaltsverzeichnis

Das Gewitter   07

Das Schatzkästchen   11

Der Parkschein   15

Die Sternschnuppe   21

Die Geige   25

Eifersucht   33

Ein ganz besonderer Abend 39

Die Autorin   43

Das Gewitter

Der Wetterumschwung kam sehr plötzlich, wie so häufig im Gebirge. Das Gewitter hatte sich nur durch kurzes Wetterleuchten und ein entferntes Grollen angekündigt, und jetzt trieb der stärker gewordene Wind schon die ersten Regentropfen vor sich her.

„Gott sei Dank, da ist eine Hütte", keuchte Tristan, und zog seine Freundin Anna mit, die kaum Schritt halten konnte. Die Hütte war sehr einfach, aber bot ausreichend Schutz, und bei gutem Wetter hatte man von dem kleinen Vorplatz mit der Bank und dem groben Holztisch eine wunderbare Sicht ins Tal. Rasch schlugen sie die Tür hinter sich zu und sahen sich um. Es gab keine großartige Einrichtung, nur ein paar einfache Bänke und einen Tisch, auf dem andere Wanderer sogar ein paar Kerzen zurückgelassen hatten. Streichhölzer hatte Tristan immer dabei, und so saßen sie sich bald bei Kerzenschein gegenüber, während es draußen vor den kleinen Fenstern immer dunkler wurde. Wie lange würden sie hier wohl festsitzen? „Ist doch ganz romantisch", meinte Anna, die so schnell nichts aus der Fassung bringen konnte. Tristan nickte ein wenig abwesend. Die Romantik, schien es ihm oft, hatte sich schon lange aus seinem Leben verabschiedet.

Plötzlich hörten sie Geräusche draußen, Stimmen, und bald schon fegte ein heftiger Windstoß durch die geöffnete Tür. Zwei Personen traten ein, ein Mann und eine Frau, beide schon pitschnass. „Na Gott sei Dank, und Gesellschaft gibt es auch", sagte die Frau. Als

Tristan ihre Stimme hörte, blieb ihm fast das Herz stehen. Da war sie, die Begegnung. Ersehnt und befürchtet. Wie oft hatte er sich diese Situation vorgestellt? Wie oft hatte er sich gefragt, ob es nicht besser wäre, Vergangenes einfach ruhen zu lassen?

Die beiden Neuankömmlinge hatten sich ihre Jacken ausgezogen und traten nun in den Lichtkegel der Kerzen, um sich bekannt zu machen und ebenfalls am Tisch niederzulassen. „Ich bin Isi", sagte die Frau und gab erst Anna, dann Tristan die Hand. Ihre Blicke trafen sich. Wie gut sie sich in der Gewalt hatte! Das Erkennen flog über ihr Gesicht, sie verfärbte sich, was bei dem Schummerlicht aber sonst niemandem auffiel, und einen Moment später war ihr nichts mehr anzusehen. Ihr Freund, groß, dunkelhaarig und gut aussehend, stellte sich ebenfalls vor, er hieß Mark, und seinem Akzent nach zu urteilen stammte er aus den USA, was er auch bestätigte.

Nun saß man also zu viert am Tisch, starrte in die Kerzen und versuchte sich in freundlicher Konversation. Proviant wurde hervorgeholt und geteilt. Draußen tobte das Gewitter, wie es im Gebirge nur toben kann.

Immer wieder schaute Tristan zu Isi hinüber, vorsichtig, verstohlen, damit es niemand bemerkte. Sie hatte sich nur wenig verändert seit damals, als sie ohne jede Erklärung aus seinem Leben verschwunden war. Jetzt wusste er, warum. Mark war sehr redselig, ganz amerikanischer Charme, und nachdem man sich erst einmal vorsichtig beschnuppert hatte, erzählte er sehr ausführlich von sich und seiner Freundin. Sie hatten sich vor einigen Jahren kennen gelernt, als er für seine amerikanische Firma in Deutschland auf Geschäftsreise war, und wie er sagte, war es Liebe auf den ersten Blick. Isi hatte alles hinter sich gelassen und war mit ihm nach Amerika gegangen. War das nicht immer ihr großer Traum gewesen, schon in der Schule? Inzwischen wohnten sie Deutschland, wo er eine Niederlassung seiner Firma leitete.

Anna fand das alles sehr romantisch. Ihre Beziehung mit Tristan hatte lange nicht so stürmisch begonnen. Ganz im Gegenteil: Hatte sie nicht oft das unbestimmte Gefühl, nur Lückenbüßerin zu sein? Immer, wenn sie das versuchte anzusprechen, blockte Tristan ab. Er hatte ihr überhaupt sehr wenig erzählt über seine Vergangenheit. Typisch Mann. Sie seufzte, und in ihren Augen zeigte sich die Traurigkeit, die Tristan immer geflissentlich versuchte, zu übersehen.

„Don't worry", sagte Mark, der ihren Seufzer gehört hatte und den Schatten wahrnahm, der sich über ihr Gesicht gelegt hatte. Was in ihr vorging, konnte er allerdings nicht wissen. Er ging zu seinem Anorak und kam mit einem Flachmann in der Hand zurück an den Tisch. „Hier, nimm einen Schluck, das hilft immer", sagte er einladend und reichte Anna den Seelentröster. Isis und Tristans Blicke trafen sich, und plötzlich wusste Tristan Bescheid. Isis Traum war ein Traum geblieben.

Das Gewitter ließ langsam nach, die Blitze und das Grollen entfernten sich. Die dunklen Wolken zogen weiter, und eine spätnachmittagliche Sonne zeigte sich durchs Fenster. Tristan wurde es plötzlich zu eng in der Hütte. „Ich geh mal kurz nach draußen und schaue nach, ob es noch regnet", sagte er, schob sich hinter dem Tisch hervor und zog seine Jacke an. Draußen lag die dramatisch-liebliche Gebirgslandschaft wie reingewaschen und in großer Klarheit vor ihm. Als er hinter sich die Tür hörte, wusste er, wer es war. Stumm schauten sie sich an, und ohne ein Wort zu sagen, setzten sie sich in Bewegung, zurück ins Tal. Als Mark und Anna vor die Hütte traten, um nach den beiden zu schauen, lagen Weg und Vorplatz verlassen vor ihnen.

Das Schatzkästchen

Heute Nachmittag war die alte Frau gestorben, und Julia hatte es einfach an sich genommen, das in blauen Samt eingeschlagene Holzkästchen, das jene immer bei sich hatte in ihrer Handtasche. Sie wusste nicht, was darin war, was so wertvoll war für die alte Frau, dass sie es nie aus ihrer Nähe ließ. Nun stand das Kästchen vor Julia auf dem Küchentisch, und obwohl sie in der ganzen Zeit, in der sie die alte Frau gekannt hatte, begierig gewesen war, sein Geheimnis zu lüften, brachte sie es jetzt irgendwie nicht fertig, es zu öffnen. Es mitzunehmen war eine spontane Entscheidung gewesen, jetzt lastete das schlechte Gewissen auf ihr, denn die alte Frau, die verwitwet war und keine Kinder hatte, war immer großzügig mit ihr gewesen, und Julia war eigentlich ein gutes Mädchen. Sie arbeitete für den Pflegedienst, der die alte Frau betreut hatte und war seit über einem Jahr zweimal am Tag bei ihr gewesen, um ihr beim An- und Ausziehen und der Körperpflege zu helfen.

Die alte Frau hatte eine große, alte, schwarze Handtasche besessen, so eine mit Henkeln und einem Schnappschloss, und diese Handtasche wollte sie immer bei sich haben. Sie musste neben ihrem Sessel im Wohnzimmer stehen, wenn sie dort saß, beim Essen nahm sie sie mit in die Küche und stellte sie neben sich auf die Eckbank, und wenn sie ins Bett gebracht wurde, kam sie erst zur Ruhe, wenn sie in Reichweite neben ihrem Bett auf dem Fußboden stand. Einen Grund für diese merkwürdige Anhänglichkeit an eine alte schwarze Tasche konnte Julia ihr nie entlocken, und das weckte ihre Neugier. Bestimmt war es etwas sehr Kostbares, das sich in dieser Tasche befand, und die alte Frau wollte es immer in ihrer Nähe haben.

Eines Tages hatte sich eine Gelegenheit geboten, heimlich in die Tasche hineinzuschauen. Es fand sich dort ein Portemonnaie, ein sauberes Taschentuch, Eau de Cologne und eben dieses in blauen Samt eingeschlagene Holzkästchen, das nun vor ihr stand. Sie hatte nur die Gelegenheit gehabt, einen schnellen Blick zu riskieren, und natürlich wuchs ihre Neugierde ins Unermessliche. Wollte sie sich wirklich in Schwierigkeiten bringen? Sie brauchte doch den Job!

Als sie heute Abend zu ihr gekommen war, waren fremde Leute in der Wohnung gewesen, der Hausarzt, der Bestatter und eine Nachbarin, die auch einen Schlüssel hatte und ab und zu nach ihr geschaut und einen Tee mit ihr getrunken hatte. Sie hatte die alte Frau aufgefunden, ganz friedlich im Sessel sitzend, neben sich die alte schwarze Tasche. Man hatte sie schon in den Sarg gelegt, und als sie hinausgetragen wurde, blieb Julia einen Moment allein im Wohnzimmer zurück. Ihr Blick fiel auf die schwarze Tasche, und ehe sie wusste, was sie da eigentlich tat, hatte sie das Holzkästchen in ihrer Umhängetasche. Der Schweiß brach ihr aus allen Poren. Sie wollte sich eines Besseren besinnen und das Kästchen schnell wieder an seinen Platz tun, aber dafür war es zu spät, denn die Nachbarin war ins Wohnzimmer gekommen. Dass sie etwas von dem Kästchen wusste, war unwahrscheinlich, und Angehörige gab es keine, das wusste Julia.

Nun saß sie also an ihrem Küchentisch und starrte das Kästchen an. Wenn Geld darin war, würde sie es spenden, anonym, versteht sich. Versprochen! Nach einer ganzen Weile wagte sie es endlich, den Verschluss zu öffnen und den Deckel vorsichtig anzuheben. Asche.

Nein, kein Geld, wie man jetzt denken könnte, keine zusammengeknifften und gefalteten Geldscheine, dicht gepresst – Asche, echte Asche. Mein Gott, auf was für skurrile Gedanken diese alten Leutchen doch kamen! Sie stand auf und wollte schon zum Mülleimer damit, als ihr Blick auf eine kleine Plakette unter dem Deckel fiel. Wilhelm, gestorben am 6. Juli 1995. Sie bekam einen solchen Schreck, dass sie das Kästchen fast hätte fallen lassen. Das wäre eine schöne Bescherung gewesen, nicht auszudenken. Mit zitternden Fingern klappte sie den Deckel zu und stellte das Kästchen zurück auf den Tisch. Das hatte sie nun davon.

Für die Beerdigung drei Tage später hatte sie sich extra freigenommen. Schließlich musste sie der alten Frau einen letzten Dienst erweisen. Sie war außer der Nachbarin und dem Pastor die einzige am Grab gewesen. Als die beiden weg waren, schaute sie sich vorsichtig um, und als sie sicher war, dass sie nicht beobachtet wurde, zog sie das Kästchen aus ihrer Umhängetasche. Sie öffnete es und streute den Inhalt vorsichtig ins Grab, so feierlich, wie es auf die Schnelle möglich war. „Jetzt seid ihr wieder zusammen", murmelte sie und warf zwei Rosen hinterher, eine für die alte Frau und eine für ihren Schatz, wie sich das so gehörte. Das Schatzkästchen, das nur auf den ersten Blick keines gewesen war, ließ sie wieder in ihre Tasche gleiten.

Abends, als sie in ihrem Wohnzimmer saß, fiel ihr Blick immer wieder auf das Kästchen, das sie ins Regal über ihrem Fernseher gestellt hatte. Die alte Frau hatte ihr oft von ihrem Wilhelm erzählt, ihrer großen Liebe, und ihr Bilder gezeigt. Ob sie wohl jemals eine solche Liebe finden würde? Sie seufzte und ging ins Badezimmer. Dort nahm sie die Zahnbürste ihres letzten Lovers, der vor ein paar Wochen mit einer guten Bekannten über alle Berge war, und warf sie in den Mülleimer. Im Spiegel begegnete sie ihrem eigenen Blick. Sie lächelte sich selbst zu. „Ja", sagte sie sich, „von heute an werde ich ganz fest daran glauben."

Der Parkschein

Das kleine Stück Papier segelte langsam und leise schaukelnd auf den Boden der Waschküche. Es war aus der Tasche eines Oberhemdes gefallen, das Leentje gerade in die Waschmaschine stecken wollte. Ein wenig abwesend nahm sie es auf und wollte es schon in den Mülleimer unter dem Waschbecken werfen, als ihr Blick auf den Aufdruck fiel. Es war ein Parkschein. 16. April, bis 14:35 Uhr, Humboldtstraße. Dem Betrag zufolge musste die Parkzeit etwas über eine Stunde betragen haben. Merkwürdig. Der 16. April war ein Donnerstag gewesen, vor anderthalb Wochen, das wusste sie genau, weil sie an dem Tag bei einer Freundin zum Geburtstagskaffee war. Und halb zwei bis halb drei? War Lars, ihr Mann, zu der Zeit normalerweise nicht in seinem Büro – oder sollte es zumindest sein? Und was hatte er in der Humboldtstraße zu suchen? Er war Anwalt und hatte Außentermine nur bei Gericht, und das war woanders. In der Humboldtstraße, das wusste Leentje, gab es nur Mehrfamilienhäuser, ein kleines Café und ein paar Geschäfte.

Leentje war vor fünf Jahren aus den Niederlanden nach Deutschland gezogen, um Lars zu heiraten. Sie hatten sich in einem kleinen Ort an der Küste kennen gelernt, wo ihre Familie wohnte und wo Lars Urlaub machte. Leentje konnte damals schon gut Deutsch, weil sie ein Jahr als Au-Pair in Deutschland verbracht hatte, so war die Verständigung kein Problem. Sie war ein echter Sprachen-Fan, im Gegensatz zu Lars, für den sie bei Familienbesuchen immer übersetzen musste. Sie fühlte sich wohl in Deutschland und in der kleinen Stadt, in der sie wohnten. Lars und sie verstanden sich gut, er war vor einem Jahr endlich Partner in seiner Kanzlei geworden und sie hatten einige nette Freunde. Sie konnte sich beim besten Willen nicht vorstellen, dass Lars... Oder doch?

Beim Abendessen war sie ein paar Mal drauf und dran, ihn nach diesem Parkschein zu fragen. Sie hatte auch schon mehrmals tief Luft geholt, sich aber immer im letzten Moment gestoppt. Würde sie in seinen Augen nicht kleinlich und übermäßig misstrauisch dastehen, wenn sie ihn mit diesem Fetzen Papier und komischen Fragen konfrontieren würde? Bisher hatte noch nichts wirklich ihr Verhältnis getrübt, und Leentje war es sehr wichtig, dass das so blieb.

Eigentlich wollte sie die Sache vergessen, ehrlich. Nun aber kam der Donnerstag, und als es halb zwei schlug von der Kirchturmuhr auf der anderen Straßenseite, folgte sie einem Impuls, den sie lieber nicht gehabt hätte, und rief bei Lars im Büro an. Während es im Hörer tutete, versuchte sie, sich einen Vorwand zurechtzulegen. Anja, die junge und zugegebenermaßen sehr attraktive Rechtsanwaltsgehilfin, ging dran.

„Nein, er ist noch nicht zurück aus der Mittagspause. Er macht doch donnerstags immer eine Stunde länger Mittag, hat er Ihnen das denn nicht erzählt?" War da etwa eine gewisse Häme in ihrer Stimme zu hören? Es war Leentje nicht entgangen, dass Anja ihrem Lars schöne Augen machte, vor allem, wenn sie es mitbekam. Aber sie konnte ja nun nicht hinter seiner unerklärlichen Abwesenheit von seinem Arbeitsplatz stecken. „Und dann will er auch nicht gestört werden und hat deshalb das Handy aus", fuhr Anja mit einem betont gelangweilten Unterton fort. „Äh ja, jetzt wo Sie es sagen, ja klar, ich weiß..." presste Leentje hervor und beendete das Gespräch sehr abrupt.

Nichts wusste sie. In ihrer Magengegend breitete sich ein flaues Gefühl aus, ihr Herz begann zu rasen, ihre Knie zitterten. Sie musste sich erstmal setzen. Ein Jour fixe also. Ihr Lars. Wer hätte das gedacht. Nachdem sie eine Weile versucht hatte, das Chaos in ihrem Kopf zu ordnen, fasste sie einen wilden Entschluss: Nächsten Donnerstag würde sie ihm hinterherspionieren. Wo sie ihm auflauern musste, wusste sie ja.

Es folgte eine zermürbende Woche. Sie versuchte, so zu sein wie immer, während ihr Misstrauen begann, ihren Alltag zu zersetzen. Ihre Eifersucht schuf sich ein ganzes Universum, bevölkert mit Lars und einem ganzen Laufsteg voll attraktiver Frauen, die ihn umgarnten und verwöhnten. Ständig war sie in dieser Parallelwelt unterwegs, die ihr vollkommen real erschien, obwohl sie nichts anderes war als eine Ausgeburt ihrer Fantasie. In dieser Parallelwelt wurde Lars zu einem Fremden, der mit dem netten jungen Ehemann, der ihr morgens beim Frühstück gegenüber saß, nichts mehr zu tun hatte.

Am darauffolgenden Donnerstag fand Leentje sich gegen halb zwei in dem kleinen Café an der Humboldtstraße wieder. Die Milchschaumhaube auf ihrem unberührten Cappuccino fiel langsam in sich zusammen, während sie sich zum x-ten Mal die schweißnassen Hände an einem inzwischen sehr traurig und zerfleddert aussehenden Papiertaschentuch abwischte. Lars unauffällig zu folgen war nicht schwierig gewesen – sie hatte ihm auf dem kleinen Parkplatz am Ende der Straße aufgelauert, war ihm gefolgt und hatte beobachtet, wie er in dem Mehrfamilienhaus direkt gegenüber vom Café verschwunden war.

Es war der erste wirklich warme Tag des Jahres, und einige Gäste hatten sich an die Tische draußen auf dem Bürgersteig vor den großen Fenstern gesetzt. Nicht so Leentje, die ja unentdeckt bleiben wollte. Sie saß drinnen direkt am Fenster zur Straße, von wo sie das Haus gegenüber gut im Blick hatte. Nachdem sie endlose zehn Minuten hinübergestarrt und sich ausgemalt hatte, was sich wohl hinter den sonnenbeschienenen Scheiben zutrug, sah sie, wie sich die Haustür öffnete. Heraus kam Lars, und mit ihm eine hübsche junge Frau. Die beiden unterhielten sich angeregt, lachten zusammen.

Da war sie also, die Frau ihrer eifersüchtigen Träume. Leentje starrte entsetzt und gebannt nach draußen, bis ihr plötzlich bewusst wurde, dass die beiden direkt auf das Café zusteuerten. Sie machte sich auf ihrem Stuhl immer kleiner und dachte panisch darüber nach, ob das Café wohl einen Hinterausgang hatte. Sie sah sich schon aus dem Fenster der Damentoilette steigen, aber soweit musste es nicht kommen, denn die beiden ließen sich an einem der Tische draußen vor dem Café nieder. Sie blätterten in einem Heft mit bunten Bildern, so viel konnte Leentje von ihrem Platz aus sehen, und führten eine lebhafte Unterhaltung. Jetzt planen die auch noch einen Urlaub zusammen, dachte sie, und was erzählt er mir, etwa dass er auf Fortbildung ist?

Was sollte Leentje tun? Sie sah sich schon nach Hause fahren, Koffer packen, um Hals über Kopf zu ihrer Familie zu verschwinden. Sollte er doch sehen, wo er bleibt und wer ihm die Hemden wusch, vielleicht würde diese Tusse das ja machen, oder auch nicht, sie sah ehrlich gesagt nicht danach aus, viel zu gestylt...

Leentje schloss die Augen und ließ die letzte Woche Revue passieren. Sie dachte an all die Eifersucht, die Unruhe, die vielen schlaflosen Stunden in der Nacht und ihre ausweichenden Antworten, wenn Lars wissen wollte, was mit ihr los war. Ihre Großmutter, die sie sehr bewundert hatte, weil sie so stark und geradlinig war, kam ihr in den Sinn. Sie hatte immer gesagt: „Leentje, wenn du ein Problem vor dir siehst, lauf nicht weg, geh direkt darauf zu. Dann wird alles viel einfacher." So soll es sein, entschied sie. So einfach werde ich das Feld nicht räumen. Nicht ich. Ich gehe jetzt da raus, direkt zu den beiden hin und...

„Hallo Lars", sagte sie. Er sprang so schnell auf, dass der Stuhl nach hinten umkippte. „Mein Gott Leentje, was machst du denn hier?" fragte er, sichtlich verlegen und mit rotem Kopf. Er bückte sich, um seinen Stuhl aufzuheben. Als er sich wieder aufrichtete, hatte er sich gefangen. Sein unnachahmlich freches Grinsen, in das Leentje sich damals auf Anhieb verliebt hatte, breitete sich auf seinem Gesicht aus, und heraus kam etwas, was sie jäh aus ihrem bösen Traum riss. „Dat is Ariana, mijn Nederlandse lerares", sagte er in vollendetem Niederländisch. „Sie gibt mir seit ein paar Monaten jeden Donnerstag Einzelunterricht, damit ich bei unserem nächsten Besuch endlich mit deiner Familie sprechen kann, wenn auch noch nicht viel... Es sollte meine Weihnachtsüberraschung werden... Die ist jetzt natürlich im Eimer..."

Der Weihnachtsbesuch bei ihren Eltern wurde ein voller Erfolg. Sie verstanden sich so gut wie nie und sprachen jetzt manchmal sogar Niederländisch zu Hause, damit Lars ja nicht aus der Übung kam.

Als Leentje eine Woche nach Weihnachten eine Jeans von Lars in die Waschmaschine stecken wollte, flatterte ihr wieder ein Parkschein entgegen. Sie drehte ihn um: Tristanstraße, bis 17:15 Uhr, wieder etwas mehr als eine Stunde, letzten Dienstag. Das war genau die Zeit, in der sie ihren Gymnastikkurs besuchte. Und sie wusste definitiv nichts von einer Tristanstraße. Sie seufzte und schloss die Augen. Ging das Ganze jetzt von vorne los?

Nein, entschied sie, das wird es nicht, ich werde ihn gleich heute Abend fragen. Und das tat sie dann auch.

Die Sternschnuppe

Der kleine Junge stand am Fenster und schaute sehnsüchtig zum sternenübersäten Himmel empor. Es war nun schon so lange her, dass seine Mummy ihn verlassen hatte, ihn und seinen Vater. Sechs Monate, hatte sein Daddy beim Abendessen gesagt. Was für seinen Daddy sechs Monate waren, war für den kleinen Jungen einfach nur schrecklich lange. „Es geht deiner Mum gut da oben", sagte sein Dad immer, wenn er besonders traurig war. „Und sie guckt auf dich runter und sieht dich. Sie wohnt jetzt auf einer Sternschnuppe, die über den Himmel zieht, und die wir hier unten manchmal sehen können."

Seit seine Mum nicht mehr da war, gab es eine Nanny, die sich um ihn kümmerte, und seine Tante schaute ab und zu nach ihnen und kochte schrecklich gesunde Sachen, denn sein Dad konnte nur Fast Food. Aber so wie bei seiner Mum war es nicht, denn alles, was er abends seinem Teddy erzählte, konnte er auch seiner Mum erzählen, aber eben nicht der Nanny. Und sein Dad musste schrecklich viel arbeiten und kam manchmal erst nach Hause, wenn er schon im Bett war.

Aber sein Dad hatte eine wundervolle Fähigkeit: Er wusste Sachen, die andere nicht wussten. So konnte er immer im Voraus sagen, wann die Sternschnuppe mit Mummy drauf über ihrem Haus herfliegen würde, und so waren sie schon manches Mal draußen gewesen im Garten, wenn es schon dunkel war und er eigentlich schlafen musste, um hoch oben am Himmel Mummy vorbeifliegen zu sehen. „Schau, der helle Punkt da oben – da ist Mummy", sagte sein Dad dann und der kleine Junge legte den Kopf in den Nacken und folgte seiner Bahn, bis er nicht mehr zu sehen war und sein Vater ihn ins Haus und ins Bett beförderte. Dann saß er meist noch ein wenig auf der Bettkante und sie redeten über viele schöne Dinge, die sie mit Mummy erlebt hatten.

Nun war der kleine Junge nicht nur traurig, sondern auch mächtig stolz auf seine Mum. Nicht jeder konnte dahin, wo sie jetzt war, dazu musste man ein ganz besonderer Mensch sein. Und sie konnte jetzt fliegen und hatte eine wunderschöne Rauschgoldengelfrisur, die braunen Locken noch lockiger und federleicht fliegend um ihren Kopf herum.

Das hatte er mit seinen eigenen Augen gesehen.

Mummys Sternschnuppe hatte sogar einen Namen. Den verstand er zwar nicht richtig, aber es waren die ersten Buchstaben, die er mit Dad gelernt hatte: ISS. Ein S hieß „Station", das wusste er, und so stellte er sich immer einen hell erleuchteten, fliegenden Bahnhof vor, bis er mit seinem Dad zusammen ein Modell der Sternschnuppe namens ISS gebastelt hatte, das jetzt in seinem Zimmer unter der Decke hing. Zuerst war er ein wenig enttäuscht gewesen, denn diese Sternschnuppe namens ISS sah gar nicht wie die Sternschnuppen in seinen Bilderbüchern aus, aber er hatte sich daran gewöhnt und schaute sie abends vor dem Schlafengehen an, wie sie silbrig glänzend in dem Luftzug schaukelte, der von seinem geöffneten Fenster herkam.

Als sie zum letzten Mal da waren, wo sie mit Mummy sprechen konnten, an ihrem Geburtstag, da, wo man sie auf diesem großen Bildschirm sah, hatte sie etwas Wunderbares gesagt. „Weihnachten bin ich wieder zu Hause", hatte sie gesagt. Und Weihnachten, das wusste er, war nicht lange nach ihrem Geburtstag. An dem Abend lag er noch lange wach und schaute auf das silbern glänzende Modell von Mummys Sternschnuppe. „Weihnachten ist Mummy wieder zu Hause", hatte er seinem Teddy erzählt, bevor er sich von seiner Vorfreude ins Reich der Träume entführen ließ.

Als er einige Tage später aus dem Kindergarten kam, war sein Dad zu Hause. Er saß in der Küche und sah schrecklich, schrecklich traurig aus. „Warum bist du so traurig?", hatte er ihn gefragt. „Mummy kommt doch Weihnachten nach Hause!" Und weil ihn dieser Gedanke seit Tagen ganz erfüllte, konnte er gar nicht verstehen, was sein Daddy ihm dann sagte. Er sagte, dass die kleine Sternschnuppe, auf der seine Mum nach Hause kommen sollte, sich auf dem Weg vom Himmel zur Erde verirrt hatte und er sie nie, nie wiedersehen würde.

Viele Jahre später, auf seinem ersten eigenen Flug zur ISS, dachte er an das Versprechen, das er damals als kleiner Junge seinem Vater gegeben hatte. Wenn ich groß bin, werde ich auch Astronaut und dann fliege ich in den Himmel und suche Mummy, hatte er gesagt. Er musste lächeln, als er daran dachte. Dass die Einlösung seines Versprechens so aussehen würde, konnte er als kleiner Junge nicht wissen. Eins aber wusste er jetzt ganz bestimmt: Er war seiner Mutter so nahe wie nie zuvor.

Die Geige

Der Mitarbeiter des Fundbüros schaute gelangweilt hoch und unterdrückte ein Gähnen, als der ältere Herr tatsächlich zum gefühlt zehnten Mal vor ihm stand. „Nein, es ist keine Geige abgegeben worden, tut mir leid." Der ältere Herr schaute hilflos an den Regalen an der Wand entlang, auf denen sich die gesammelten Fundsachen der letzten Monate stapelten, das reinste Kuriositätenkabinett, als könne sein beschwörender Blick die Geige plötzlich zum Erscheinen bringen. Eine Geige – so etwas hatte es im Fundbüro noch nie gegeben. Nur einmal wurde eine Blockflöte abgegeben, die ein Kind irgendwo liegengelassen hatte.

Der ältere Herr hatte schon bei seinem ersten Besuch seine Visitenkarte dagelassen, verbunden mit der Bitte, man möge sich doch bei ihm melden, wenn seine Geige sich einfinde. Diese Bitte erneuerte er jetzt, bevor er das Fundbüro verließ. Man konnte ihm anmerken, dass er sich keine großen Hoffnungen machte, war seine Geige doch ein sehr schönes und recht wertvolles Instrument, bei dem der Finder durchaus in Versuchung sein könnte, es einfach zu behalten oder gewinnbringend zu verkaufen. Kaum hatte er, den Kopf mutlos gesenkt, das Rathaus durch den Hintereingang, der zum Park führte, verlassen, betrat eine junge Frau das Gebäude durch den Vordereingang und fragte an der Information nach dem Fundbüro. Sie hatte eine Geige dabei.

Die nun folgende hektische Suche des Fundbüro-Mitarbeiters nach der Visitenkarte des alten Herrn führte zu nichts, denn diese hatte sich aufgrund eines klebrigen Marmeladenfleckens von der letzten Kaffeepause unzertrennlich an ein anderes Blatt Papier geheftet und war wahrscheinlich schon auf dem Weg zum Schredder. Sehr lange suchte er nicht – das Interesse an seiner Arbeit und das Mitgefühl für die Menschen, die manchmal verzweifelt vor ihm standen, waren ihm auf dem langen Weg zur Rente vor Jahren schon abhandengekommen.

Aber das alles wusste der alte Herr natürlich nicht. So kam es, dass die so schmerzlich vermisste Geige erst einmal zu all den anderen Gegenständen kam, die ihren Besitzer verloren hatten, zu all den Geldbörsen, Schlüsseln, Taschen, Uhren, Handys, Schmuckstücken, Brieftaschen, Gebissen und Kleidungsstücken, und die allesamt im Dämmerlicht des jetzt verlassenen Büros den exotischen Neuzugang im schwarzen Koffer misstrauisch zu beäugen schienen.

Es war sein allerletzter Arbeitstag in der Philharmonie gewesen. Sie hatten eine gut besuchte Sonntagsmatinee gespielt, danach war er in gebührender Form von seinen Musikerkollegen in den Ruhestand verabschiedet worden, und nun saß er, zwar einerseits froh, von den anstrengenden Auftritten entbunden zu sein, aber auch mit Trauer und einem Gefühl von Verlorenheit im Bus nach Hause. Das Wetter war trübe und nasskalt, der Novemberregen rann in dicken, nicht enden wollenden Tränen an den großen Fensterscheiben hinab. Als ein paar Haltestellen vor seiner eigenen eine junge Frau mit Kinderwagen aussteigen wollte, sprang er auf und half ihr, denn er saß direkt an der Tür. Als er den Kinderwagen mit dem schreienden

Kind draußen auf dem Bürgersteig abgesetzt hatte und schnell wieder einsteigen wollte, ging mit einem hässlichen Zischen vor ihm die Bustür zu, der Fahrer fuhr in aller Gleichgültigkeit einfach weiter, routinemäßig, zur nächsten Haltestelle. Seine Geige war drinnen, und er stand draußen, im strömenden Regen, verloren und hilflos. Ihm war, als wäre ein Teil von ihm selbst im Bus geblieben und würde nun auf Nimmerwiedersehen davonfahren.

Das war jetzt etwas über eine Woche her, er war bestimmt annähernd zehn Mal im Fundbüro gewesen, hatte seine Karte dagelassen, musste immer wieder die dumpfe Gleichgültigkeit im Gesicht dieses Mitarbeiters ertragen. Und so kam es, dass er jede Hoffnung verlor, seine geliebte Geige jemals wiederzusehen und das Fundbüro nicht mehr aufsuchte.

Wenn er zu seiner zweitliebsten Geige griff und traurig ihren Tönen nachlauschte, die sich in der leeren Wohnung verloren, dachte er an seine Liebste, die ihn so schnöde verlassen hatte, indem sie einfach im Bus geblieben war, als wollte sie sagen: Was willst du jetzt noch mit mir, wo wir kein Publikum mehr haben? Er dachte an ihre vollendeten Formen, ihre seidige, glatte Oberfläche, die Geschmeidigkeit, mit der sie sich in seine Hand geschmiegt hatte, das immer auf Hochglanz polierte Holz, ihren facettenreichen, weichen Klang. Sie hatte ihn viele Jahre begleitet, ihn zusammen mit seinem Orchester durch dramatische und lyrische, melancholische und fröhliche Musik getragen, und gemeinsam hatten sie dem Applaus des Publikums gelauscht. Die ganze Welt hatte er mit ihr bereist, und eine ganze Welt war sie ihm gewesen. Jetzt lag er nachts oft wach und hing seiner Wehmut nach, und wenn er dann einschlief, spielte er im Traum ganze Konzerte mit seiner verlorenen Liebsten.

Ein halbes Jahr ging ins Land, und der ältere Herr wanderte, wie so oft seit seiner Pensionierung, ohne besonderes Ziel durch die Stadt. Es war Mai, die Sonne wärmte schon, und viele Leute waren draußen, um den Frühling zu genießen und die Schwermut des Winters abzuschütteln. Als er in die Fußgängerzone einbog, hörte er plötzlich den Klang einer Geige. Nein, es war nicht der Klang einer Geige, es war der Klang seiner Geige, aus hunderten würde er seine Liebste heraushören. Als ob sie ihn verraten könnte, ging er erst einmal hastig in Deckung im Eingangsbereich des Geschäftes, vor dem er gerade stand, und nahm von dort die Szene vor sich in Augenschein. Er sah eine junge Frau, die sich dort in der Fußgängerzone postiert hatte, und die, den offenen Geigenkasten vor sich auf dem Boden, weltverloren und voller Hingabe auf ihrer, nein, seiner Geige spielte. Die meisten Menschen, die vorbeiliefen oder auch stehenblieben, um zuzuhören und die eine oder andere Münze in den Geigenkasten zu werfen, hörten ganz bestimmt nicht das, was er hörte. Was er hörte, war der vertraute Klang seiner Liebsten, aber auch, dass sie sich jemanden gesucht hatte, der ihrer würdig war, ganz und gar.

So stand er und lauschte, versunken, bis er merkte, dass die junge Frau Anstalten machte zu gehen. Hastig nahm er eine Visitenkarte aus seiner Brieftasche, kritzelte auf die Rückseite: „Ich bin ja so froh, dass ich meine Geige wiedergefunden habe", wickelte die Karte in einen Geldschein und warf beides in den

Geigenkasten, als er gerade geschlossen werden sollte. Ihr „Danke" hörte er schon gar nicht mehr, so rasch wandte er sich zum Gehen.

Würde die junge Frau sich bei ihm melden? Würde sie, wenn sie es denn täte, schweren Herzens die Geige zurückgeben an ihren früheren Besitzer? Oder würde sie auf ihr Recht pochen, nach Ablauf der gesetzlichen Lagerfrist für Fundsachen die rechtmäßige Besitzerin zu sein, und würde sich gar nicht melden? Tage des Wartens folgten, und dann, er hatte fast nicht mehr damit gerechnet, stand sie vor seiner Tür, den Geigenkasten an der Hand.

Nun hatte er seine Geige also zurück, die junge Musikerin hatte darauf bestanden. Sie hatte sich die Entscheidung nicht leicht gemacht, genauso wie vor einem halben Jahr, als sie mit über einer Woche Verzögerung erst ins Fundbüro gegangen war. Nachdem sie doch allzu sehr von Schuldgefühlen geplagt wurde, hatte sie sich aufgerafft und sich auf den Weg zur der auf der Visitenkarte angegebenen Adresse gemacht. Der ältere Herr hatte sie dann eingeladen, mit ihm eine Tasse Kaffee zu trinken und hatte sie nach ihrer Ausbildung gefragt und nach ihren Wünschen und Träumen bezüglich ihrer musikalischen Karriere. Sie hatte ihm von ihren zahlreichen Bewerbungen bei verschiedenen Orchestern erzählt, und dass sie bisher nicht einmal zu einem Vorspiel eingeladen worden war. Sie hatte ihm auch ihre Adresse genannt und gesagt, dass es schön wäre, wenn sie in Kontakt bleiben könnten.

Eines Tages, es war nicht lange nach dieser Begegnung, hatte die junge Musikerin einen Brief im Kasten, der ihr Herz höher schlagen ließ. Sie wurde eingeladen, bei der Philharmonie vorzuspielen, man sei auf sie aufmerksam geworden und es sei eine Stelle bei den Geigen zu besetzen. Die Chance meines Lebens, dachte sie – als Musiker eine feste Stelle zu bekommen, war sehr, sehr schwer.

Als sie dann im leeren Konzertsaal auf der Bühne saß, um vor den gestrengen Ohren der Jury, bestehend aus Orchestermitgliedern und dem Dirigenten, ihr Vorspiel zu absolvieren, befürchtete sie schon, dass ihre Nervosität ihr einen Strich durch die Rechnung machen würde, aber nach den ersten Takten des Violinsolos aus Tschaikowskis Schwanensee ließ sie ihrer Hingabe an die Musik freien Lauf, so dass die Stimme des Dirigenten, der sie unterbrach, aus weiter Ferne zu ihr drang. „Stopp", sagte dieser, „stopp", und sie brach ihr Spiel abrupt ab. O mein Gott, ich habe es versemmelt, ich habe versagt, was habe ich nur falsch gemacht, dachte sie und wollte im Boden versinken. Als sie aufschaute, stand der Dirigent lächelnd vor ihr. Er hatte eine Geige in der Hand, die Geige, von der sie sich so schweren Herzens wieder getrennt hatte, das schönste und beste Instrument, das sie jemals spielen durfte. „Und jetzt bitte noch einmal", sagte er, „aber mit dieser Geige…"

Als die ersten Takte erklangen, löste sich aus der Tiefe des Konzertsaales eine Gestalt. Es war der ältere Herr, der nun nach vorne kam und sich in die erste Reihe zur Jury setzte. Er schaute hoch zu der jungen Frau und lächelte ihr ermunternd zu.

So hatte seine Geige sich wieder ein Publikum gesucht, und was zuerst ein schmerzlicher Verlust war, wurde durch das Leben, das alles wandelt, zu einem großen Reichtum und unerwarteten Glück.

Eifersucht

Ein kühler Luftzug vom offenen Fenster wirbelte die Papiere auf dem Schreibtisch ihres Mannes auf, als sie den Raum betrat. Sven war nicht zu Hause, er war mal wieder dienstlich unterwegs. Ein Zettel auf dem Küchentisch hatte sie darüber informiert, als sie von der Arbeit nach Hause kam. Sarah seufzte, ging zum Fenster, um es gegen den kühlen Abendwind zu schließen, und machte sich daran, die heruntergefallenen Papiere vom Boden aufzusammeln.

Sven mochte es gar nicht, wenn sie an seine Sachen ging. Selbst hatte er da allerdings keine Hemmungen. Sarah hatte ihn einmal dabei überrascht, wie er sich an ihrem Handy zu schaffen machte, das sie beim Verlassen des Hauses beinahe liegengelassen hätte. Auch wenn ihre Mutter sie schon mehr als einmal gefragt hatte, wie sie es mit einem so eifersüchtigen Mann aushielt, und nicht müde wurde zu wiederholen, dass sie ja damals gegen ihn gewesen war, hatte Sarah das Ganze bisher mit einem Achselzucken abgetan – sie hatte schließlich nichts zu verbergen.

Als Sarah das letzte Blatt vom Boden aufhob, stutzte sie. Was in Gottes Namen hatte Sven mit einer Privatdetektei zu tun? Sie schaute näher hin. Eine Rechnung über eine Abschlagszahlung. Von einem Privatdetektiv. Für laufende Ermittlungen. Sarah fühlte Zorn in sich hochsteigen. So weit trieb ihn seine Eifersucht also inzwischen… Sie hatte bisher im Traum nicht daran gedacht, eine Affäre zu beginnen… Vielleicht sollte sie mal, geschähe ihm recht…

Nach einem kleinen Beruhigungsschluck aus der Hausbar griff sie nach ihrem Handy. Zu dumm, ihre beste Freundin war nicht erreichbar, ihr blieb also nur die Mailbox: „Stell dir vor, Sven hat einen Privatdetektiv auf mich angesetzt! Ruf mich so schnell wie möglich an!"

Als ihr Handy klingelte, stand Sarahs beste Freundin gerade unter der Dusche in einem Hotel am Stadtrand. Auf dem zerwühlten Bett räkelte sich Sven und schlürfte den letzten schon etwas abgestandenen Schluck Champagner aus seinem Glas. Er warf einen vorsichtigen Blick in Richtung Bad, bevor er nach dem Handy in ihrer Handtasche griff. Sarah, aha, was wollte sie? Rasch, die Mailbox…

Als Sarahs beste Freundin aus dem Bad kam, war Sven schon angezogen. „Muss los", murmelte er nur und verschwand nach einem flüchtigen Kuss durch die Tür, die ein wenig zu heftig hinter ihm ins Schloss fiel. Jetzt musste er erst einmal nachdenken. Er fuhr nach Hause, beunruhigt, verwirrt. Was würde ihn zu Hause erwarten? Würde Sarah ihm eine Riesenszene machen? Was sollte er sagen, wie sollte er sich aus der Affäre ziehen?

Aber Sarah sagte gar nichts. Was hatte sie vor? Zugeben, dass sie an seinen Sachen war, wenn auch unabsichtlich, wollte sie nicht. Also erstmal abwarten, ihre Umgebung beobachten. Vielleicht konnte sie ihn ja erwischen, seinen Detektiv, ihm auf melodramatische Weise die Kamera entreißen, den Speicherchip entwenden, um ihn Sven vor die Füße zu schleudern…

Dass am nächsten Tag ein alter Schulfreund bei Sarah im Büro anrief und ihr sagte, dass er nach längerer Zeit mal wieder in der Stadt war und gerne mit ihr zu Mittag essen würde, kam ihr sehr gelegen. Sollte dieser Detektiv mal was zu berichten haben. So trafen sie sich in einem Bistro in der Nähe ihres Büros, und da der Tag sehr mild und sonnig war, konnten sie sogar draußen sitzen. Sie hatten sich seit Jahren nicht gesehen, zuletzt, bevor Sarah Sven kennengelernt hatte, und es gab viel zu erzählen. Sie hatten sich in der Schule sehr gut verstanden, und auch heute sagte Sarah ihm wieder, wie immer halb im Scherz, halb im Ernst, wie schade es war, dass er sich nicht für Frauen interessierte.

Während ihres Gespräches schaute Sarah sich immer wieder verstohlen um. Woran merkte man, dass man beschattet wurde? Stand in der Nähe vielleicht ein unauffälliges Auto, aus dessen offenem Seitenfenster das schier endlose Teleobjektiv einer Kamera hervorschaute? Nichts war zu sehen, und auch im Bistro saß niemand, der sich auffällig-unauffällig die Zeitung vor das Gesicht hielt.

Nichts passierte. Ihre alte Vertrautheit mit dem Schulfreund war doch aber nicht zu übersehen gewesen… Aber nichts passierte. Sven war wie immer. Als Sarah dann in einer der Taschen von Svens Jacketts das Kärtchen eines Hotels am Stadtrand fand, nahm sie all ihren Mut zusammen und suchte eine Detektei in der Nachbarstadt auf, um einen Auftrag zu erteilen.

Schon wenige Tage später gab es etwas zu berichten. Sarah traf sich mit ihrem Privatdetektiv, den sie im

Übrigen einfach umwerfend fand, in einem Café. Noch bevor sie ihre Kaffeetasse ganz geleert hatte, war klar, dass ihr Leben sich grundsätzlich ändern würde.

Als ihr Detektiv Sven nach der Arbeit gefolgt war, war dieser zu einer Adresse gefahren, die Sarah sofort als die ihrer besten Freundin erkannte. Deren Mann war einige Wochen dienstlich im Ausland, so konnte man es sich offensichtlich bei ihr zu Hause gemütlich machen. Der Detektiv konnte beobachten, wie Sven an der Tür außerordentlich leidenschaftlich empfangen wurde. Sarah versuchte, sich nichts anmerken zu lassen, aber es fühlte sich an wie ein doppelter Schlag in die Magengrube. Ihr Privatdetektiv zögerte einen Moment, bevor er weitersprach. „Und dann ist da noch was", sagte er. „Ich weiß nicht, ob das für Sie interessant ist, aber ich habe vor dem Haus Ihrer Freundin einen Kollegen angetroffen. Der fuhr dann weg, als Ihr Mann ankam."

So löste sich das Rätsel der Rechnung von Svens Schreibtisch, und Sarah, die sich mit Dingen, die doch nicht zu ändern waren, nie allzu lange aufgehalten hatte, gönnte sich nur kurze Bedenkzeit, bevor sie sich dem Leben neu in die Arme warf.

Auf der Wiese neben dem Park eines Hotels am Stadtrand stieg fast lautlos eine Drohne auf. Sie war ausgestattet mit einer Hochleistungsvideokamera, die ihre Bilder direkt an den Drohnenpiloten übertrug. Leise surrend gewann sie schnell an Höhe und blieb dann vor einer Balkontür auf der zweiten Etage des Hotels stehen. Als Sarah und ihr neuer Lover, ihr ehemaliger

Privatdetektiv, die sich dort einer leidenschaftlichen Umarmung hingaben, sie endlich bemerkten, blinkte sie aufreizend mit allen Lämpchen, die ihr zur Verfügung standen und machte sich flugs davon. Als Sarah sich rasch etwas übergeworfen hatte und über die Balkonbrüstung in den Park hinunterschaute, war dort niemand zu sehen. Nur ein fernes höhnisches Surren war zu hören, und die letzten Strahlen der untergehenden Sonne verwandelten das metallene Gehäuse der rasch kleiner werdenden Drohne in ein tanzendes Irrlicht.

Der unbekannte Drohnenpilot auf der Wiese war sehr zufrieden mit seinem Einsatz – aber das ist eine andere Geschichte.

Ein ganz besonderer Abend

Saskia hatte sich ihr bestes Kostüm angezogen. Seit sie bei dieser großen Firma, Global Player natürlich, im Vorzimmer des Chefs arbeitete, hatte sie einen ganzen Schrank voll von diesen Dingern, eins teurer als das andere. Sie hatte immer Wert gelegt auf ein gepflegtes Äußeres, mochte das ein oder andere ganz gerne, hätte aber wirklich keinen ganzen Schrank voll nötig gehabt. Ja, ihr Boss war wirklich eitel…

Bald würde er ohne sie auskommen müssen, sehr bald sogar, der arrogante Schnösel. Sie saß in ihrem Schlafzimmer an der Frisierkommode und schaute prüfend in den Spiegel, der von den letzten Sonnenstrahlen eines neblig-goldenen Herbsttages erleuchtet wurde. Ja, ihr Make-up war perfekt wie immer, und heute hatte sie sich mit ganz besonderer Sorgfalt frisiert. Als sie noch einmal ihre Fingernägel begutachtete, fiel ihr Blick auf ihren Ehering. Warum trug sie den eigentlich noch? Als ihre Kollegin Petra sie vor ein paar Tagen darauf ansprach, war sie ihr die Antwort schuldig geblieben. Jetzt zog sie sich den Ring vom Finger und legte ihn in ein kleines Kästchen in der Schublade der Kommode, zu dem anderen, der dort schon lag. Als sie den Deckel über ihnen schloss, hatte sie das Gefühl, der ersehnten Freiheit ein wenig nähergekommen zu sein.

Saskia stand auf und ging langsam durch die Wohnung. Ein wenig Zeit hatte sie noch, also ordnete sie hier und da etwas, was längst geordnet war und räumte auf, was längst aufgeräumt war. Die Uhr an der

Wand tickte in die erwartungsvolle Stille. Was erwartete sie heute Abend? Würde alles so sein, wie sie es sich vorgestellt hatte? Oder würde ihr Mut sie im letzten Moment doch noch verlassen?

Ein wenig hielt sie sich noch im Wohnzimmer auf, schaute die Fotos an, die sie auf dem Kaminsims aufgestellt hatte. Bevor die Erinnerungen sie überfluten konnten, wandte sie sich ab. Jetzt sollte es soweit sein. Sie ging ins Schlafzimmer, setzte sich auf die Bettkante und schaute zum letzten Mal aus dem Fenster, auf den leuchtenden Park gegenüber, wo sie so oft spazieren gegangen war. Das Tablettenröhrchen in ihrer Hand fühlte sich kühl und glatt an. Fast wäre es auf den Boden gefallen, so sehr zitterte sie plötzlich. Erstmal ein Schluck Wasser... Sie führte das bereitstehende Glas zum Mund, trank einen Schluck, atmete tief durch und ließ alle Tabletten aus dem Röhrchen in ihre Hand gleiten. Dort lagen sie nun, weiß und engelsgleich unschuldig, ihre tödliche Wirkung leugnend.

Entschieden begann sie nun, ihre Hand zum Mund zu führen, als plötzlich ein Geräusch an ihr Ohr drang, überlaut in der Stille ihrer Wohnung. Sie hörte, wie sich ein Schlüssel im Schloss ihrer Wohnungstür drehte. Sie erstarrte mitten in ihrer Bewegung und lauschte den Schritten, die sich der Schlafzimmertür näherten. Die angelehnte Tür wurde vorsichtig geöffnet. Vor ihr stand ein großgewachsener Mann in einem dunklen Anzug, in der Hand einen geöffneten braunen Umschlag und ihren Wohnungsschlüssel. Es war der Umschlag, den sie heute Vormittag selbst adressiert und bei einem privaten Kurierdienst abgegeben hatte, mit der Auflage, ihn erst am nächsten Tag abzugeben beim Empfänger, einem Bestatter in der Nähe. Da war dann wohl der Klebezettel mit dem entsprechenden Vermerk vom Umschlag abgefallen und ein eifriger Mitarbeiter hatte ihn schon heute zugestellt…

Während Saskias Gedanken um diese absurden Details kreisten, schaute und schaute sie den Mann an, der ihr wie eine Erscheinung aus einer anderen Welt vorkam, und als sie ihn dann endlich erkannte, war alles wieder da, so unmittelbar, als wäre es erst gestern gewesen. Da war der Geruch des Waldes, in dem sie mit ihm gespielt hatte, als sie Kinder waren, und der ihnen als Teenager als Rückzugsort gedient hatte. Da war wieder das erhebende Gefühl, zusammen fernab von Eltern, Lehrern und Mitschülern oben im Baumhaus zu sitzen, über Gott und die Welt zu reden und aneinander gelehnt dem Rauschen der Bäume zu lauschen und die letzten Sonnenstrahlen des Tages zu bestaunen, die schräg durch die Baumkronen fielen und den Waldboden beleuchteten, der je nach Jahreszeit grün, bunt oder graubraun war.

Er war dann mit seiner Familie weit weggezogen, sein Vater hatte sich beruflich verändert, und alle Versprechen, in Kontakt zu bleiben, sich irgendwie, wenn auch selten, zu sehen, waren dem alles überwuchernden Alltag von Familie, Schule, Ausbildung und Arbeit zum Opfer gefallen.

Sie hörte ihre eigene Stimme wie aus weiter Ferne, sie gehorchte ihr kaum. „Bist du es wirklich?" Er nickte stumm. Sie schaute ihn fragend an, unsicher, vorsichtig: „Soll ich es heute Abend nochmal versuchen mit dem Leben?" Die Frage war heraus, bevor ihr bewusst wurde, was sie sagte. Wieder nickte er ihr stumm zu. „Richtig angezogen bin ich ja schon", kam noch hinterher, bevor sich ihre Anspannung in Weinen und Lachen und Lachen und Weinen löste.

Als sie dann gemeinsam das Haus verließen, die Tür hinter ihnen zufiel und sie nach kurzem Zögern auf die Straße hinaustraten, war ihr, als sähe sie die Farben des Herbstes zum allerersten Mal.

Die Autorin

Annette Willsch hat in Münster Anglistik und Germanistik auf Lehramt studiert. Sie arbeitet seit vielen Jahren als Pädagogische Mitarbeiterin an einer Volkshochschule.